おとうさんとぼく

e. o. プラウエン作

岩波少年文庫 245

e. o. plauen

VATER UND SOHN

1934-1938

もくじ

お手あげだ！………………… 12
すてきなおとうさん………… 14
おもしろい本………………… 16
ぼくの家出…………………… 18
おたんじょう会……………… 20
朝のたいそう………………… 22
おとうさんがてつだった…… 24
きみのわるい客（きゃく）………………… 26
絵とかがみ…………………… 28
反省（はんせい）………………………… 30
博物館（はくぶつかん）……………………… 32
夕　日………………………… 34

自然の法則………………… 36

けんか……………………… 38

かがみ……………………… 40

虫歯………………………… 42

ものには順序……………… 44

夢遊病者…………………… 46

まけるものか……………… 48

こっちにも考えがある…… 50

にわか雨…………………… 52

サッカー…………………… 54

画びょう…………………… 57

やさしいおとうさん……… 60

チャンス…………………… 62

名犬………………………… 64

遊びにむちゅう…………… 66

おとうさんたちとぼくたち……… 68

これでぴったり…………… 70

プレゼントづくり………… 72

プレゼントありがとう…… 73

知らないよ………………… 76

魚たちの手紙……………… 78

しっぱいコンサート……… 80

えもの……………………… 82

火事(かじ)だ！ …………………… 84
ぼくもいつか …………………… 86
おもしろすぎる本 ……………… 88
ポートレート …………………… 90
力もち …………………………… 92
アレッ！ ………………………… 94
雪だるまのふくしゅう ………… 96
たのしいクリスマス …………… 98
スケート ………………………… 100
すてきな馬 ……………………… 103
エンスト ………………………… 104
ゲーテはすごい ………………… 106
風でもだいじょうぶ …………… 108
これでよし！ …………………… 110
大発明(だいはつめい) …………………………… 112

ひるねの時間 ························ 114

おとうさんは名人 ··················· 116

や れ や れ ······················· 118

ぼくだけおるすばん ················ 121

レーズン・ケーキ ·················· 122

たんじょう日のおくりもの ········· 124

きょうから夏休み ·················· 126

そ っ く り ······················· 128

と こ や ·························· 130

お ば け ·························· 132

犬もくわない ······················ 134

花火のたばこ ······················ 137

すべるゆか ························ 140

うまくいった写真 ················· 142

おとな1枚 ························ 144

ケ ー キ ·························· 146

仮 病 ·························· 148

せいくらべ ······················ 150

おとうさんのサイン ··············· 152

にげたライオン ···················· 154

おくれたしつけ ···················· 157

砲丸 なげ ························ 160

がまんにもほどがある ············· 162

釣りにむちゅう······164
金魚じゃなかった······166
じょうずでよかった······169
一等賞 172
まほうのききめ······174
じゃじゃ馬ならし······176
銀行強盗······178
人命救助······180
子ども4枚ください！······182
はやすぎた返事······184
コーヒーはだめ！······186
ふつかよいの朝······188
カーニバル······190
そりの運命······192
おとうさんのしかえし······194
これでよし······196

こうするんだよ ……………………… 198

子どもです ……………………… 200

映画はうまくとれたのに ………… 202

さいごのリンゴ ………………… 204

やったぞ！ …………………… 206

ろう人形 ……………………… 208

クリスマスのごちそう …………… 210

クリスマス・プレゼント ………… 214

おとうさんとぼくと
　　おとうさんとぼくと…… ……… 216

お金持ちになった おとうさんとぼく

遺産相続 …………………… 220

ちょっとまって ………………… 222

またきてね ……………………… 224

どうなってるの ………………… 226

おとうさんの本心 ……………… 228

おしゃぶり ……………………… 230

これも仕事です ………………… 232

イースターのプレゼント ………… 234

命令どおりに …………………… 236

むかしのくせ …………………… 238

ああ、くたびれた ……………… 240

名人どうし……………………… 242
おかえし………………………… 244

おとうさんとぼくの漂流記(ひょうりゅうき)

ハプニング……………………… 248
はらぺこソナタ………………… 250
なにしているの？……………… 252
すごいおとうさん……………… 254
まいった………………………… 256
新しい友だち…………………… 259
くんしょう……………………… 262
魚 と り………………………… 264
きびしい現実(げんじつ)……… 266
ビーバーのしかえし…………… 268
大 て が ら……………………… 271

ほら、みてごらん ………………… 274

まちにまった救助 ………………… 276

伝書バト ………………………… 278

たからもの ……………………… 280

おとし穴 ………………………… 282

ビンづめ手紙郵便局 ……………… 284

欠席とどけ ……………………… 286

本ではあるけれど ………………… 288

たすかった！ …………………… 290

家にかえって …………………… 292

スター …………………………… 294

おわかれ ………………………… 296

e. o. プラウエンについて ……299
上田真而子

プラウエンからきたエーリヒ・オーザー ……311
エーリヒ・ケストナー
木本 栄訳

タイトル翻訳　上田真而子

おとうさんとぼく

お手あげだ！

すてきなおとうさん

おもしろい本

ぼくの家出

おたんじょう会

朝のたいそう

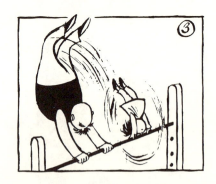

おとうさんがてつだった

きみのわるい客

絵とかがみ

反省

博物館
はくぶつかん

夕日

自然の法則

けんか

かがみ

虫歯
むし ば

ものには順序

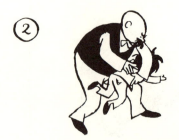

夢遊病者

まけるものか

こっちにも考えがある

にわか雨

サッカー

画びょう

やさしいおとうさん

チャンス

名犬

遊びにむちゅう

おとうさんたちとぼくたち

これでぴったり

プレゼントづくり

プレゼントありがとう

知らないよ

魚たちの手紙

しっぱいコンサート

えもの

火事だ！

ぼくもいつか

おもしろすぎる本

ポートレート

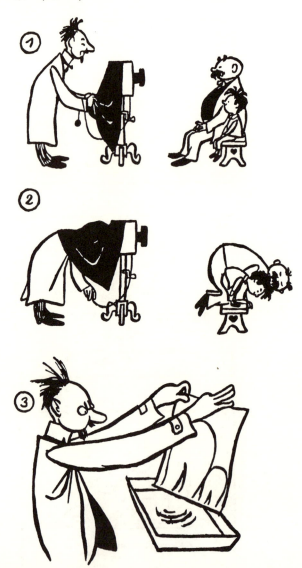

力もち

アレッ!

雪だるまのふくしゅう

たのしいクリスマス

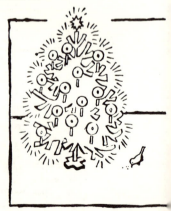

スケート

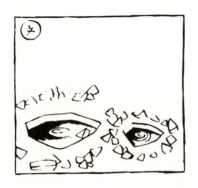

すてきな馬

エンスト

ゲーテはすごい

風でもだいじょうぶ

これでよし！

大発明

ひるねの時間

おとうさんは名人

やれやれ

ぼくだけおるすばん

レーズン・ケーキ

たんじょう日のおくりもの

きょうから夏休み

そっくり

とこや

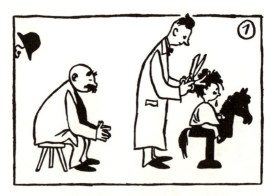

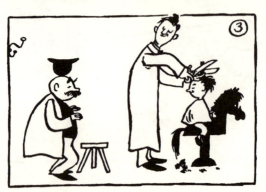

おばけ

犬もくわない

花火のたばこ

すべるゆか

うまくいった写真

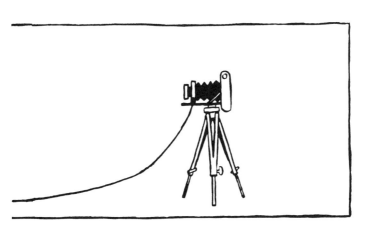

おとな1枚

ケーキ

仮病

せいくらべ

おとうさんのサイン

にげたライオン

おくれたしつけ

砲丸なげ

がまんにもほどがある

釣りにむちゅう

金魚じゃなかった

じょうずでよかった

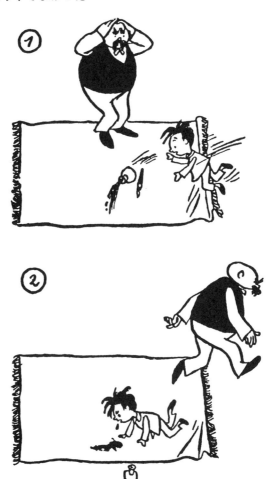

一等賞
いっ とう しょう

まほうのききめ

じゃじゃ馬ならし

銀行強盗

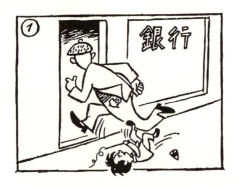

人命救助
じんめいきゅうじょ

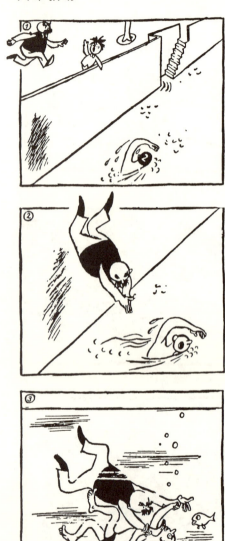

子ども4枚ください！

はやすぎた返事

コーヒーはだめ！

ふつかよいの朝

カーニバル

そりの運命

おとうさんのしかえし

これでよし

こうするんだよ

子どもです

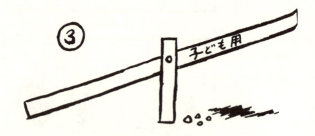

映画はうまくとれたのに

さいごのリンゴ

やったぞ！

ろう人形

クリスマスのごちそう

クリスマス・プレゼント

おとうさんとぼくとおとうさんとぼくと……

お金持ちになった おとうさんとぼく

遺産相続

ちょっとまって

またきてね

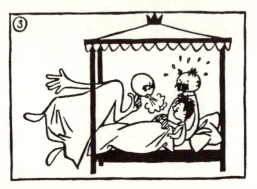

どうなってるの

おとうさんの本心

おしゃぶり

これも仕事です

イースターのプレゼント

命令どおりに

むかしのくせ

ああ、くたびれた

名人どうし

おかえし

おとうさんとぼくの漂流記

ハプニング

はらぺこソナタ

なにしているの？

すごいおとうさん

まいった

新しい友だち

くんしょう

魚とり

きびしい現実

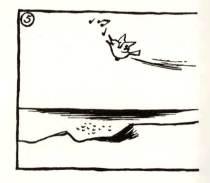

ビーバーのしかえし

大てがら

ほら、みてごらん

まちにまった救助

伝書バト

たからもの

おとし穴

ビンづめ手紙郵便局

欠席とどけ

本ではあるけれど

たすかった！

家にかえって

スター

おわかれ

e. o. プラウエンについて

　子ぼんのうというより子どもそのままのおとうさんと、その
おとうさんの大きなおなかに安心してよりかかって、いたずら
をしたり、あっと思わせる気転で逆におとうさんをよろこばせ
たりするぼく。2人の人間のユーモアあふれる情愛を、単純
明快な線で、軽やかに、しかも力づよく描いた、このマンガ
『おとうさんとぼく』は、1934年から1937年まで、ドイツの
当時もっとも広く読まれていた週刊紙「ベルリングラフ」に連
載されたものです。これをかいた e. o. プラウエンとはどんな
人で、どんな状況でこのマンガがかかれたのか、それを少しく
わしくご紹介してみたいと思います。

　e. o. プラウエンは本名をエーリヒ・オーザーといって、
1903年、ドイツ東部のザクセン州の小さな村で生まれました。
4歳のとき、国境税関吏だった父の転任にともなって、一家は
近くの町、プラウエンに移りました。エーリヒ・オーザーはそ
こで義務教育を終えると、金具職人の見習いになりましたが、
絵がかきたくてたまらなかったエーリヒは、1920年に見習い
期間が終わるのをまって、望みを両親にうちあけました。息子
の才能に感づいていた父親は、美術品の金具師になる道をすす
めましたが、エーリヒはききません。自分で働いて学ぶからと
両親をときふせ、美術大学のあるデュッセルドルフへと出発し

299

ました。ところが、とちゅう1泊した職人仲間の家で、「画家
になんぞなるものじゃない。食っていけないぞ。」ととめられ、
翌朝、すごすごとひきかえしました。かえってはきたものの、
画家になりたい望みはつのるばかりです。4週間後、エーリヒ
は近くのライプチヒに出て、そこの美術大学に入学しました。
もしこのときそのままデュッセルドルフに行っていたならば、
生涯の友となったもう2人のエーリヒに出会うことはなかっ
たでしょう。そして、おそらく、この『おとうさんとぼく』も
生まれなかったでしょう。

　もう2人のエーリヒ、その1人は『飛ぶ教室』をはじめ、世
界中の子どもたちに読まれている数々の子どもの本をかいたエ
ーリヒ・ケストナーです。ケストナーは師範学校を卒業したの
に先生になるのがいやで、ライプチヒの大学で文学や演劇を学
びながら詩をかいていました。もう1人のエーリヒは、植字工
から「プラウエン人民新聞」の編集者になっていた、同じプラ
ウエン出身のエーリヒ・クナウフでした。

　ケストナーは、親友オーザーの想い出の記にこうかいていま
す。

　「オーザーと私がライプチヒで知りあったころ、あのインフ
レは、戦後（第1次世界大戦後）の異様な雰囲気の中に、さいご
の狂った紙の花ふぶきをまきちらしていた。彼は私より3,4
歳若く、こい色の髪をした大男、無器用で、大のふざけ屋だっ
た。彼は美術大学、私は大学の学生で、2人ともはじめの職業
から逃げだし、生きてゆくことに好奇心いっぱいだった。私た

ちにはその自由が危険もふくめてすばらしく、勉強したり、ぶらぶら歩きまわったり、笑ったりしてその日暮らしの貧しい生活を送っていた。陽気に自分たちの才能を信じ、ひじょうに勤勉でもありひじょうに怠けものでもあり、時に応じて気分のおもむくままだった。そして、もうそのころから彼が絵をかき私が文をかいて、新聞や雑誌に送っていた。彼の友人で、すでに『プラウエン人民新聞』の編集者であったエーリヒ・クナウフが、私たちの原稿のもっとも良き買い手だった。読者が私たちの無鉄砲なモダニズムに驚きの目をみはることなど、クナウフはとんじゃくしなかった。びくびくするということはクナウフのプログラムにはなかったのだ。」

こうしてぴったり息のあった芸術家３エーリヒの親交がはじまりました。ところが 1927 年、ライプチヒ時代に終止符を打つ事件がおこりました。ケストナーはすでに「新ライプチヒ新聞」の編集者になっていて、２人のかいた記事をつぎつぎにのせていましたが、ライバルであった保守的な新聞「ライプチヒ最新報知新聞」が、クナウフの「プラウエン人民新聞」に２人がかいたある記事にはげしい批難をあびせたのです。「新ライプチヒ新聞」はすぐにケストナーを解雇、オーザーに執筆停止をいいわたしました。

２人はそれならというわけでベルリンに出ました。少しおくれて、クナウフもベルリンの出版社に職を得て出てきました。こうして３エーリヒのベルリン時代がはじまりました。それはあたかも「黄金の 20 年代」とよばれ、ベルリンにワイマー

ル文化の花が開いていたときでした。若い芸術家が集まり、ベルリンはパリをしのぐほどの芸術の都になっていたのです。ケストナーはこうかいています。

「ベルリンは当時世界一おもしろい都会で、私たちはライプチヒから移ってきたことをぜんぜん後悔しなかった。私たちは私たちのしかたでベルリンを探訪し、それを絵入りルポルタージュにして地方の新聞社に売った。毎日毎日ニュルンベルク広場の行きつけのカフェで何時間もねばって、政治的、非政治的しゃれを考え、それをオーザーが戯画にしたのだった。……」

オーザーは、1930年、美術大学の同級生だったマリガルトと結婚、31年に息子クリスチアンが生まれました。

才能豊かなこの3エーリヒの、幸せな自由な生活に、突如終わりが来ました。1933年、ヒトラーが政権をとり、ナチスの宣伝相ゲッベルスによる芸術家や文化人の統制がはじまったのです。

オーザーの絵には常にするどい風刺がこめられていました。文化や芸術の「黄金の20年代」は、実は第1次大戦敗戦後の混乱、ひきつづいておこった左右両翼の闘争で、ドイツがゆれにゆれていた時代でした。ヒトラーがミュンヘンで第一声をあげたのが

オーザーとクリスチアン(1936)

e. o. プラウエンについて

1923年です。その黒雲がしだいに大きくなり、ぶきみな影をおとしはじめたのを、するどい観察眼をもって社会を風刺していたケストナーやオーザーが見のがすはずはありません。オーザーがかいてさまざまな新聞に発表していた絵に、大胆にナチスを風刺したものが多くなってきていました。

ケストナーの本は好ましからざるものとして焼かれ、執筆停止となりました。ナチスの政敵、社会民主主義系出版社の編集者であったクナウフはただちに捕えられて、短期間ながら、強制収容所に入れられました。オーザーには、はじめのうち、まだ執筆停止などの処分はありませんでした。けれども、その絵は、もはやどの新聞も雑誌ものせようとしなくなりました。出版物はすべて宣伝相ゲッベルスの統制下におかれていたのです。生活の道をたたれたオーザーは、やむなく一家でマールブルク

「ノイエ・レビュー」に発表された風刺画(1931)

303

にあった妻の実家に身をよせました。

　ちょうどそのころ、ベルリンの大出版社ウルシュタインが、週刊紙「ベルリングラフ」に連載マンガをのせる計画をすすめていました。ウルシュタイン社では32人もの画家に依頼して描かせた試作のどれにも満足できなかった結果、オーザーに話をもっていきました。それに応じてかいたのが、この『おとうさんとぼく』だったのです。ウルシュタイン社ではただちに採用ときめました。ところがそのとき、オーザーはすでに執筆停止処分をうけていました。ちなみに、その公文書の内容はつぎのようなものでした。

　「……貴下によって描かれた国家社会主義(ナチス)とその総統にたいする悪意ある攻撃、また総統にしてドイツ国首相、および宣伝啓発相(ゲッベルスのこと)の描き方は、貴下が今日の作家としての精神的必要条件をみたしていないことをあきらかに示すものである。……」

　そういう画家の採用を政府に申請するのは危険きわまりない冒険でした。けれども権力に屈せず出版の自由を守る社風のあったウルシュタイン社はあえてそれをし、党の要人を動かせたことも幸いして、条件つきながら、許可をとったのでした。条件とは、非政治的な絵にすること、変名で出すこと、の2つでした。

　そうしてオーザーが考案したのが、e. o. プラウエンという名前でした。e. o. は、エーリヒ・オーザーの頭文字、名字としたプラウエンは子ども時代をすごした故郷の地名そのままで

e. o. プラウエンについて

した。

　『おとうさんとぼく』は 1934 年 12 月 13 日の「おとうさんがてつだった」を皮切りに、2 週 3 週と回をかさねるごとに大へんな人気をよびました。世の中が刻々ナチスのかぎ十字とかっ色の制服にぬりつぶされていったあの暗い時代に、いっときにしろ、自然に、自由に、心の底から笑えるものに出会ったよろこびを、いまも回顧する年輩のドイツ人が少なくありません。『おとうさんとぼく』は全体主義の中で人間性をおしつぶされていた 1 人 1 人が、ほんとうの人間に出会えてほっと一息つけるオアシスでした。

　オーザーは毎週いくつかの『おとうさんとぼく』をかき、編集部がその中からひとつをえらぶという契約でした。まもなく、「ベルリングラフ」に掲載されなかったものもふくめて 50 篇がまとめられ本になって出ると、人気はますます高まり、『おとうさんとぼく』をかたどった灰皿や人形や紙ナフキンまで出るほどでした。

　こうして『おとうさんとぼく』は 1937 年 12 月までつづき、50 篇ずつおさめられた本も 3 冊でした。

　オーザーは、ここで、筆をお

募金運動に使われたおとうさんとぼく (1936)

きました。

国民のアイドルになった『おとうさんとぼく』を、ナチスが「冬期救済活動」などの募金運動に、シンボルマークのように使いはじめたからでしょうか。

「すべてはどういう方向から観るかにかかっている」といっていたオーザーでしたが、周囲の状勢が日に日に緊迫してくるなかで、それとは全く別の世界に住む『おとうさんとぼく』をかきつづけることにやはり疲れたのでしょうか。

やがて 1939 年、ドイツ軍はポーランドに攻め入り、第 2 次大戦が勃発しました。オーザーが心にかなう仕事をするのがますますむずかしい状勢になってきました。オーザーの身を案じる友人からベルリン脱出のさそいが何度かありましたが、オーザーはことわりました。ナチスにたいする嫌悪と自分の国への愛との板ばさみで苦悩していたのです。

『おとうさんとぼく』を終わりにしたのちもときどき絵をかいてのせていたウルシュタイン社は、その間にナチスの息のかかった出版社に変えられ、社名もドイツ出版社と変わっていました。1940 年、そのドイツ出版社から「国家」という週刊紙が出はじめ、オーザーに定期的な仕事がまわってきました。それを受けるかどうかでオーザーの心は大きくゆれうごき、それに反対だった妻マリガルトとはげしく議論しました。けっきょく、オーザーはそれを受けました。「自分の国への愛からでした」と未亡人はかいています。

編集室に入っていくとき、オーザーはいつも大声で、「ハイ

ル・デューラー！」（ドイツ最大の画家、アルブレヒト・デューラーのこと）といって、みなをひやひやさせました。「ぼくの指導者（フューラー）は、デューラーだ」と。あいさつには「ハイル・ヒトラー！」といわなければ、それだけで強制収容所送りともなった当時にです。

　信頼（しんらい）できる仲間の間でこそ、それでも無事でこられたのでしたが、自宅が空襲（くうしゅう）で破壊（はかい）され親友クナウフとともに避難（ひなん）した家の同居人が2人を密告（みっこく）したのでした。2人は1944年3月28日、とつぜんゲシュタポに逮捕（たいほ）されました。すでに南ドイツのいなかに疎開（そかい）していたマリガルトが急を聞いてかけつけましたが、4月6日審理（しんり）が開かれた法廷（ほうてい）で見たのは、クナウフの姿（すがた）だけでした。夫、エーリヒ・オーザーは、その前夜、エーリヒ・クナウフの釈放（しゃくほう）を上申（じょうしん）する遺書（いしょ）をのこして、自ら命を絶（た）ったのでした。クナウフにいいわたされた判決は死刑（しけい）、5月2日に執行（しっこう）されました。

　数週間後、マリガルトは遺書（いしょ）をうけとりました。

　「……ぼくは、すべて、ドイツのためにしてきたのだ。……どうか、クリスチアンを人間に育ててくれ。……」

　ケストナーはかいています。

　「エーリヒ・オーザー、エーリヒ・クナウフ、エーリヒ・ケストナー、2人はプラウエン出身の、1人はドレスデン出身のザクセン人、金具職人、植字工、教師の職を中途ではうりだし、それぞれ才能にたより、成功をおさめ、そして、1人をのこしてヒトラーのもとにその生を閉じた。これが、われわれの進歩

的世紀における3人の簡潔(かんけつ)な伝記なのだ！」

　戦後、『おとうさんとぼく』は、早くも1949年、南ドイツのジュート出版社から、初版とほぼ同じ形で出されました。ジュート出版社は、かつてウルシュタイン社の編集長で『おとうさんとぼく』を世に出したヨハネス・ヴァイルが創設した出版社です。

　昨1984年は、『おとうさんとぼく』の第1作が「ベルリングラフ」に登場して半世紀たった記念の年でした。まる50年目の12月13日、西ドイツの大新聞「フランクフルター・アルゲマイネ」は記念の記事をのせ、1940年、オーザーがかいた自画像にふれてこういっています。当時はみながきそってかぎ十字のナチ党章をつけた上着の襟(えり)に、オーザーは、目をとじ、口ひげのかげでちょっとわらっている「おとうさん」の顔をつけている。オーザーは百万の心の党員をもった1人きりの党だったのだ、と。

おとうさんのバッジをつけた自画像(1940)

e. o. プラウエンについて

『おとうさんとぼく』は抵抗の戦士ではありませんでした。けれども、「おとうさん」も「ぼく」も、ナチスがかかげた理想の親や少年のタイプとはまるっきりちがいました。それは人間でした。息子を教育しようと思いつついつのまにか率先してあそんでしまうおとうさん。息子を叱るのにいこじになりすぎたと思うと鏡の前に行って自分のおしりを笞でひっぱたくおとうさん。飲むほどに酔うほどに息子が4人に見えてしまうほどお酒のすきなおとうさん。

オーザーは非政治的にという執筆の条件を逆手にとって、永遠に人間的なものを守りとおし、人びとの心をしっかりつかまえたのでした。そういう仕方で体制への不参加を貫きとおしました。みごとな抵抗だったといえないでしょうか。

さいごの絵で、父と息子は手をつなぎ、一本道をどこまでもどこまでも歩いて行って、とうとう月に入ってしまいました。e. o. プラウエン、すなわちエーリヒ・オーザーは、子どもと子どもの心をもった人びとのなかに、真の人間性をもった人間として永遠に生きつづけることでしょう。

なお、本稿は主にジュート出版社発行の "Vater und Sohn, Gesamtausgabe" を参考にして著しました。

1985年9月

上田真而子

プラウエンからきたエーリヒ・オーザー

エーリヒ・ケストナー

　フォークトラント地方のプラウエン出身で、かつては指折りの風刺画家だったエーリヒ・オーザー。のちにペンネームを e. o. プラウエンと名乗った彼のことを覚えている人は、もうあまりいない。(中略)

　いまでもまだ親しまれ、唯一手に入る e. o. プラウエンの作品といえば、『おとうさんとぼく』のいたずらと冒険のシリーズくらいだろうか。『おとうさんとぼく』のシリーズはヴィルヘルム・ブッシュ以来の、ドイツのコミックスの名作として知られているだけに、すでに古典的なあつかいをされているのももっともだ。なにしろオーザーのドローイングの芸術性、ユーモアと温かみを、ブッシュの『マックスとモーリッツ』よりも高く評価し、愛する人びとが、その分野の専門家や愛読者の親子にも大勢いるのだから。

　だがそうした評価が正しいかどうかはともかくとして、『おとうさんとぼく』だけでは、画家としての e. o. プラウエンについて半分しか知らないことになる。ましてや彼自身のことはまったく知りえない。実際には、反骨精神に富み、金もうけ主義を忌み嫌い、堅物や偽善家をあざけり、役人根性をののしり、個人の自由のために闘い、大衆の愚かさに抗った人物だった。ペンとインクを手に、けっしてあきらめることなく、リーダー

に盲目にしたがう羊の群れの前に立ちはだかり、不都合な現実を描くこともはばからなかった。オーザーのかいた何百という風刺画は民主系および社会民主系の新聞に掲載され、旋風をまきおこした。

彼はキップリングやゾーシチェンコ、そして私の詩集のイラストも手がけたが、どれも版を重ねるには至らなかった。『腰の上の心臓』のためにかかれた10枚足らずのイラストは、初版にさえたどりつかなかった。発行人のクルト・ヴェラーは、お高くとまった書店の抵抗にあい、掲載を断念せざるを得なかったのである。書店や上品ぶった客たちはオーザーの辛辣な作品を、自分の目ではなく、色眼鏡でしか見なかったため、一悶着おきたのも当然のことだったのかもしれない。(中略)

美術評論の専門家でもない私がエーリヒ・オーザーの作風について、ヨーロッパのモノクロ風刺画のどの系譜や流派に属するかとか、いつごろどのように独自の道を歩みだして、どこまで彼流のスタイルを築いたかなど、解説するのは筋ちがいだろう。おそらくその観点から語るべきことも多くありそうだが。しかし、それについては自分よりもっとくわしい人たちにまかせたい。私に託された役目は、彼の生涯における重要な時期について語ることだ。それならできる。親しい友人だったから。それにもう1人、オーザーについてもっとうまく語れたかもしれない人物であり、「エーリヒ」仲間の3人目だったエーリヒ・クナウフは、もうこの世にいない。彼は1944年にオーザーとともにゲシュタポに捕らえられ、オーザーが独房で自らの

命を絶ったすぐあとに裁判にかけられ、処刑された。

エーリヒ・オーザー、エーリヒ・クナウフ、エーリヒ・ケストナーは、2人がプラウエン出身、1人がドレスデン出身のザクセン人ばかり。それぞれ金具職人、植字工、教師の職を放りだして、自らの才能に賭け、成功を手に入れたものの、1人をのぞいてヒトラーのもとで命を失った。それが進歩的な今世紀に刻まれた、3人の短い個人史だ！

オーザーとライプチヒで知り合ったころ、第1次世界大戦後のあわただしいムードの世の中で、ちょうどインフレがさいごの紙幣の花を狂ったように咲かせていた。彼は私より少し年下で、図体が大きく、髪の色は濃く、どこか不器用で向こう見ずだった。オーザーは美術大学に通い、私は大学で学んでいた。2人とも、もともと目指した職業の道からはなれ、人生に好奇心いっぱいで、危険覚悟の自由を謳歌し、勉強に打ちこんだり、遊び歩いたり、笑い転げたりしながら、その日その日を暮らした。一途に自分たちの才能を信じ、やたらがんばったり怠けたりして、まったく勝手気ままに。そのころすでに、オーザーがイラストを手がけ、私が文をかいて、新聞や雑誌に送っていた。彼の友人であり、「プラウエン人民新聞」の編集者になっていたエーリヒ・クナウフが、そうした原稿を買ってくれるいちばんのお得意さまだった。クナウフは、私たちの大胆すぎるモダニズムに読者が唖然としようが、へっちゃらだった。恐れなど、クナウフには無縁だった。

まだ学生の身でありながら、1924年には私も「新ライプチ

ヒ新聞」の編集者となった。おかげで「新ライプチヒ新聞」を通して可能性が広がった。オーザーと私はひたすら原稿をかきまくった。その気負いはそうとうなもので、寝る暇も惜しいくらいだった。ヨハニス小路の8番地で私が当直のときは、よくオーザーもいっしょにいて、輪転機がうなる音のなかで深夜ニュースを校正したものだ。ときどき、カフェ・メルクーアの帰りとか、謝肉祭のパーティの帰りには、自分で縫った仮装用の衣装を着たまま、ほかの若いアーティストや世の中を変えようと意気さかんな連中をつれてきて、みんなでまちがいだらけの世の中の校正にとりくんだ。ゲーテは学生時代をふりかえって、ライプチヒを「小パリ」と呼んだそうだが、バッハと書籍で知られたこの都市は、1925年ごろも威風堂々たるものだった。だが、戦争とインフレで人びとは疲弊していたのだろう。日々の暮らしに精いっぱいで、世の中に新しさなど求めていなかった。だから私たちの威勢のよさはかえってお気に召さなかったようだ。保守的な、中央ドイツ最大手の新聞社「ライプチヒ最新報知新聞」は、若い新進気鋭の商売敵を日ごとに目障りに感じており、たたきつぶす機会を虎視眈々とねらっていた。

　やがてそのチャンスはやってきた。1927年、それも謝肉祭の時期に、クナウフの「プラウエン人民新聞」と美術大学の謝肉祭特集号「Das blaue Herz（青い心臓）」に、オーザーのイラストつきで私の詩「室内楽名演奏家の夕べの歌」がのった。出だしの数行は「愛しい僕の第九シンフォニーよ！　おまえがピンクの縞の下着を身につけているなら、チェロとなって僕の膝

のあいだに入っておいで。そしておまえの脇腹をそっとつま弾かせておくれ！」という調子。オーザーは若い女とチェリストをいかにもそれらしくあからさまに描いた。韻をふんだ文章といい、ぴったりなイラストといい、私たちは悪ふざけのできばえに満足だった。ただ、その年がベートーヴェンの没後百周年だったことまでは頭がまわらなかったのだ！

　「ライプチヒ最新報知新聞」は名曲に対する冒瀆だとして社説をさいて猛然と非難し、私たち2人だけでなく、そんなろくでもない連中を雇っている「新ライプチヒ新聞」までをも、やり玉にあげた。かくして私たちは発行人に解雇をいいわたされ、翌日、呆然と道ばたにへたりこんだのだった。そこで、そろそろベルリンに移る潮時だと考えた。

　当時のベルリンは世界でいちばん刺激的な大都市で、引越しを後悔したことはまったくなかった。私たちはベルリンを自分たち流に開拓しては、それをネタにイラスト入り記事に仕立て、地方新聞に売った。2人で毎日何時間もニュルンベルク広場のカフェに陣取り、政治的な、あるいは非政治的なジョークを考え、オーザーが戯画にした。そこには、オイゲン・ハムという、ロヴィス・コリントの弟子でもあった年上の風刺画家もいて、私たちと同じくライプチヒからベルリンへ移ってきていた仲間だった。私たちはがむしゃらに働き、かつてプライセ川でしたのと同じように今度はシュプレー川沿いで笑い転げ、日銭を稼いでなんとか食いつないでいた。だが、オイゲン・ハムはそんな生活がしんどくなり、あきらめて自殺してしまった。

オーザーと私はあきらめなかった。数百マルクをかき集めると、すぐにパリへ旅立った。サン・ラザール駅近くのロマンチックな安宿を拠点に、2人で芸術の都をめぐり歩いた。リュクサンブール公園やチュイルリー公園にいけば、オーザーは色鉛筆をとりだして仕事をはじめた。力強さと優しさが同居したスケッチに、だれもが若き巨匠の才能を見出したことだろう。

　それでもひどく貧乏だったことにはかわりなく、2,3週間もすると、ふたたび愛するベルリンの自転車操業の暮らしへ舞いもどった。だんだんと自分たちの仕事ぶりは人びとの目にとまるようになり、状況が好転しはじめた。3人目のエーリヒであるクナウフもベルリンへやってきた。グーテンベルク書籍組合がやり手の彼を採用したのだった。彼もオーザーに自社発行の本や雑誌のイラストを定期的に依頼するようになり、1929年にはまたいっしょに2度目の旅に出ることができた。今度の目的地はモスクワとレニングラード。旅先では、案内された場所と、ほんの少し、そうでない場所も見てきた。私たちにはベルリンの自由と、自己責任の暮らしのほうが良いように思えた。

　だが、ベルリンの自由な日々は、知らないうちに終わりが近づいていた。危険覚悟の生活は、やがてつねに命を脅かされる日々へと変わっていった。ただ、そうした時勢になるまえに、オーザーはまだ運に恵まれていた。ウルシュタイン出版が彼に連載を依頼したのだ。それは仕事に対する評価、安定した収入と知名度のアップを意味した。オーザーはマリガルトと結婚し、クリスチャンが生まれて父親となった。もう無茶な仕事ぶりで

才能を酷使しなくてもいい。こうして e. o. プラウエンによる
『おとうさんとぼく』の企画ができあがった。ほかの計画も熟
しつつあった。そんなときに、ヒトラーが政権をにぎった。

　筋金入りの社会主義者だったクナウフは強制収容所へ送られ、
私は執筆を禁じられた。オーザーはなんとかまぬがれ、ゆかい
なコミックをかいていた。クナウフは収容所からもどると映画
会社の広報部に入って身をひそめた。のちに別名で郷土愛ジャ
ンルの歌謡曲の作詞を手がけ、ヒットも生んだ。そうこうしな
がら、オーザーとクナウフは最小限の譲歩でナチス一色に染ま
った時代を乗り切ろうとしたのだ。それがうまくいくと期待し
て。しかし、うまくいくはずがなく、実際にうまくいかなかっ
た。彼らは本当の才能を悪用されまいと隠していたものの、本
音はいつまでも隠しておけなかったのである。2人は密告され、
人民法廷の刃にかかった。

　もしオーザーがまだ生きていたら、芸術家としてどれほどの
歩みをとげていたか、想像するのは残念ながら虚しい。友人た
ちも、目を閉じ、天国のロマーニッシェ・カフェ（ベルリンの芸
術家や作家が集まった伝説のカフェ）から響く彼の豪快な笑い声を
思い浮かべたところで、なんの救いにもならないだろう。

　だから作品を楽しみ味わうことで、オーザーを偲ぼうではな
いか。

『E. O. プラウエンの陽気な笑い』1957 年より
（木本 栄 訳）

本書は、岩波少年文庫『おとうさんとぼく』1・2(1985年刊)の
内容を一部変更し、1冊にしたものです。(編集部)

おとうさんとぼく 岩波少年文庫 245

1985 年 10 月 8 日　第 1 刷 発 行
2018 年 7 月 18 日　新版第 1 刷発行
2024 年 11 月 5 日　新版第 4 刷発行

作　者　e. o. プラウエン

発行者　坂本政謙

発行所　株式会社 岩波書店
　　　　〒101-8002 東京都千代田区一ツ橋 2-5-5
　　　　電話案内 03-5210-4000
　　　　https://www.iwanami.co.jp/

印刷・三陽社　カバー・半七印刷　製本・中永製本

ISBN 978-4-00-114245-7　　Printed in Japan
NDC 726　318 p.　18 cm

岩波少年文庫創刊五十年——新版の発足に際して

心躍る辺境の冒険、海賊たちの不気味な唄、垣間みる大人の世界への不安、魔法使いの老婆が棲む深い森、無垢の少年たちの友情と別離……幼少期の読書の記憶の断片は、個々人のその後の人生のさまざまな局面で、あるときは勇気と励ましを与え、またあるときは孤独への慰めともなり、意識の深層に蔵され、原風景として消えることがない。

岩波少年文庫は、今を去る五十年前、敗戦の廃墟からたちあがろうとする子どもたちに海外の児童文学の名作を原作の香り豊かな平明正確な翻訳として提供する目的で創刊された。幸いにして、新しい文化を渇望する若い人びとをはじめ両親や教育者たちの広範な支持を得ることができ、三代にわたって読み継がれ、刊行点数も三百点を超えた。

時は移り、日本の子どもたちをとりまく環境は激変した。自然は荒廃し、物質的な豊かさを追い求めた経済の成長は子どもの精神世界を分断し、学校も家庭も変貌を余儀なくされた。いまや教育の無力さえ声高に叫ばれる風潮であり、多様な新しいメディアの出現も、かえって子どもたちを読書の楽しみから遠ざける要素となっている。

しかし、そのような時代であるからこそ、歳月を経てなおその価値を減ぜず、国境を越えて人びとの生きる糧となってきた書物に若い世代がふれることは、彼らが広い視野を獲得し、新しい時代を拓いてゆくために必須の条件であろう。ここに装いを新たに発足する岩波少年文庫は、創刊以来の方針を堅持しつつ、新しい海外の作品にも目を配るとともに、既存の翻訳を見直し、さらに、美しい現代の日本語で書かれた文学作品や科学物語、ヒューマン・ドキュメントにいたる、読みやすいすぐれた著作も幅広く収録してゆきたいと考えている。

幼いころからの読書体験の蓄積が長じて豊かな精神世界の形成をうながすとはいえ、読書は意識して習得すべき生活技術の一つでもある。岩波少年文庫は、その第一歩を発見するために、子どもとかつて子どもだったすべての人びとにひらかれた書物の宝庫となることをめざしている。

（二〇〇〇年六月）